C'EST QUOI, CE CIRQUE ?

www.editions.flammarion.com

Dépôt légal : juin 2007 - N° d'édition : L.01EJENFP2625.B003 - Imprimé en France par I.M.E
ISBN : 978-2-0816-2625-6 - Loi n°49-956 du 16 juillet 1949 sur les publications destinées à la jeunesse.

Alain Surget

Fabrice Parme

C'EST QUOI, CE CIRQUE ?

CASTOR POCHE

CHAPITRE 1

LA GRENOUILLE...

À ALEXANDRIE, EN ÉGYPTE, EN 48 AVANT J.-C.

Antinoüs est très fier : son père lui a confié sa boutique pendant qu'il presse les olives dans la cour. Trois grosses jarres remplies d'olives vertes et noires forment une sorte de comptoir derrière lequel se tient le jeune garçon. Couché près de lui, son fennec dresse soudain les oreilles, puis il s'élance comme une flèche à travers la pièce.

— Qu'est-ce qui te prend, Fenk ? s'étonne Antinoüs. Tu as vu une souris ?

Non, ce n'est pas une souris que Fenk vient d'apercevoir, mais une grenouille qui s'est introduite par un petit trou dans le mur. Dès qu'elle voit foncer sur elle le fennec, la petite bête prend peur et saute de droite et de gauche pour lui échapper. Fenk se lance à sa poursuite.

— Arrête, Fenk ! Arrête ! ordonne Antinoüs, affolé à l'idée qu'il renverse une jarre ou se jette dans les jambes de quelqu'un qui entrerait.

Mais Fenk n'obéit pas. Et la grenouille fait des bonds, des bonds, des bonds...

— Si je ne veux pas que la boutique se transforme en bazar, j'ai intérêt à flanquer cette grenouille à la porte, soupire Antinoüs.

Imitant son fennec, le garçon se met à sautiller devant la bestiole pour la diriger vers la sortie. Paniquée, traquée de tous côtés, la grenouille fait un bond prodigieux et atterrit... dans une des trois grosses jarres.

— Par Zeus ! s'écrie Antinoüs. Je dois l'enlever de là avant qu'un client ne se présente !

Mais la grenouille passe inaperçue au milieu des olives vertes.

— C'est malin ! Comment la retrouver ?

Il plonge ses bras jusqu'au coude dans la jarre, brasse le tout pour obliger la petite bête à sortir du récipient.

— Je t'aurai ! lui promet-il.

Une exclamation d'horreur lui fait soudain lever les yeux. Une femme est debout devant lui, dans une tunique d'un blanc éclatant.

— Qu'est-ce que tu fais ? C'est dégoûtant ! s'offusque-t-elle.

Rouge de confusion, le garçon retire ses bras poissés d'huile.

— Je… je mélange les olives pour que celles du dessous bénéficient aussi de la lumière du jour. Cela les rend plus…

La grenouille jaillit brusquement de la jarre et atterrit droit sur la cliente.

— Hiii ! Hiii ! hurle la femme.

Elle se recule, essaie de faire tomber la bestiole qui s'est prise dans les plis de son vêtement. Antinoüs s'approche pour l'aider.

— Ne me touche pas avec tes mains sales ! Cette maudite grenouille m'a déjà suffisamment tachée ! Une si belle robe toute neuve !

Comme elle repousse le garçon, Fenk croit qu'elle en veut à son jeune maître et il attrape dans sa gueule la cheville de la femme.

Attiré par les vociférations, le père d'Antinoüs fait irruption dans la boutique.

— Mais qu'est-ce que c'est que ce cirque ? s'écrie-t-il.

Aussitôt le fennec lâche prise et va se cacher derrière les jarres.

— Je ne remettrai plus jamais les pieds ici ! Et comptez sur moi pour dire du mal de votre boutique ! rugit la cliente en quittant les lieux.

Penaud, la tête basse, Antinoüs explique à son père ce qui vient de se passer. L'homme laisse alors éclater sa colère.

— Après tes exploits pour sauver Cléopâtre et César*, je te croyais capable de tenir un moment une boutique de marchand d'olives ! Mais puisque tu n'y arrives pas, je t'interdis désormais d'aller traîner au palais avec Cléo et Iméni ! Et il n'est pas question non plus que tu les accompagnes à Rome, comme cela avait été prévu !

* Voir épisodes précédents.

CHAPITRE 2

... ET LE GRAIN DE BEAUTÉ

Tac ! Tac ! Tac ! Sous l'œil attentif d'Iméni, son père fait sauter des éclats de pierre dans tout l'atelier. C'est qu'elle doit être parfaite, la statue commandée par un riche marchand de papyrus pour l'anniversaire de sa femme !

— Là, tu vois, la joue droite est encore un peu plus ronde que la gauche, fait observer l'homme à son fils. Prends ton ciseau, ton maillet, et montre-moi que tu es capable de tailler correctement la pierre, à présent.

Iméni applique son outil sur le visage de marbre. Il cherche le meilleur angle pour attaquer l'épaisseur superflue...

— Un coup sec et précis ! rappelle son père.

... et donne un coup de maillet sur son ciseau.

Une pellicule de pierre se détache de la joue.

— C'est bien, continue ! l'encourage son père.

Coup après coup, Iméni affine le visage, comme s'il l'épluchait. L'homme l'arrête quand il estime que la tête est parfaite.

— Il me reste à la polir, dit-il. Ne touche plus à rien, je vais aller chercher mon matériel à poncer.

Resté seul dans l'atelier, Iméni tourne autour de la statue. Il est très fier d'avoir aidé son père à réaliser une telle œuvre. Le marchand sera content : il en parlera autour de lui, et les commandes vont affluer. Tout à coup... holà ! Le jeune garçon remarque une imperfection. Comment cette vilaine petite tache a-t-elle pu échapper à l'œil expert de son père ?

— On dirait un grain de beauté à la base du nez.

Iméni pose sa lame contre le nez, frappe un petit coup. Rien ne se passe. Il frappe à nouveau. Le grain de beauté résiste. Tac ! Cette fois, le coup est plus fort. Sec et précis, comme dit son père. La pierre rend soudain un son étrange, comme si elle crépitait de l'intérieur.

— Par Osiris ! s'inquiète le garçon. Pourvu que je n'aie pas décollé le nez !

Il prend le nez entre ses doigts, essaie de le remuer…

— Ouf, il tient bon.

… mais c'est la tête entière qui bouge.

Sidéré, Iméni voit le cou qui se fend en deux, puis la tête qui penche en avant comme si elle s'inclinait pour le saluer. Horreur ! Elle lui roule dans les bras au moment où son père revient dans l'atelier.

— Ahi ! s'écrie le bonhomme en levant les bras au ciel.

Il court vers son fils, prend la tête de marbre dans ses mains, la regarde d'un air désolé, puis il tourne vers l'enfant un visage de colère.

— Misérable, qu'as-tu fait ? C'est pire qu'au Cirque !

Iméni avale sa salive.

— J'ai voulu... ôter ce... cette verrue de pierre... sur le nez.

— Hors de ma vue, incapable ! Moi qui pensais que tu pourrais bientôt me seconder dans ma tâche. Puisque tu m'as fait perdre plusieurs jours de travail, tu seras puni : tu n'iras plus t'amuser avec Cléo et Antinoüs. Et n'espère pas non plus accompagner tes amis à Rome, comme cela avait été prévu !

* * *

La nuit est tombée sur Alexandrie. La ville dort. Enfin, pas tout à fait...

Cléo soupire. Cela fait un moment qu'elle attend ses amis, Antinoüs et Iméni... Que font donc les garçons ? Pourquoi tardent-ils tant ? Lorsqu'ils ne peuvent se voir tous les trois dans la journée, ils ont l'habitude de se retrouver le soir dans le port, sous la lumière du grand phare de Pharos.

— Et puis c'est après-demain que nous embarquons pour Rome, grommelle la gamine en tapant dans un caillou. Qu'est-ce qu'ils fichent ?

Deux petites silhouettes se dessinent enfin au bout de la jetée.

— Ce sont eux ! Ce n'est pas trop tôt ! fait Cléo.

Pressée de retrouver ses amis, elle court dans leur direction.

— Nous avons dû sortir de chez nous en cachette, explique Antinoüs.

— Si nos parents s'en rendent compte, nous sommes bons pour une volée de coups de bâton, renchérit Iméni.

— Il y a plus grave, reprend Antinoüs. Nos pères ne veulent plus que nous allions à Rome.

Cléo le regarde comme s'il l'avait transformée en sphinx. Ses yeux sautent de l'un à l'autre.

— Qu'est-ce que vous avez fabriqué ? demande-t-elle. C'est une punition abominable !

— Ooohhh, c'est à cause de Fenk, répond Antinoüs en baissant la tête.

— Et toi ?

Iméni lève les yeux au ciel. Il émet un « Ooohhh ! » si long que Cléo peut imaginer le pire.

— Alors je vais me retrouver toute seule, grince-t-elle.

— T'as pas de parents, toi. T'es libre ! dit Iméni.

— J'ai ma mère, se rebiffe la fillette. Mais depuis qu'elle m'a vendue à un tavernier de Memphis, je n'ai plus de nouvelles d'elle... Et pourtant elle me manque tellement, termine-t-elle à voix très basse.

Un silence.

— Tant pis, murmure Cléo d'une toute petite voix, je n'irai pas à Rome non plus. Je resterai ici avec vous.

Iméni se dandine d'un pied sur l'autre.

— En plus...

— Nos parents ne veulent plus qu'on se voie,

complète Antinoüs. Oh, ils finiront bien par céder. Seulement, pour l'instant...

— Mais c'est horrible ! s'exclame Cléo. Qu'est-ce qu'on va devenir si on est séparés ?

— Nous voir en cachette ici, le soir, c'est toujours possible, affirme Antinoüs. Mais s'infiltrer en secret sur le navire et partir pour Rome malgré l'interdiction des parents, ça...

— Je n'ai pas dit mon dernier mot, siffle la gamine. Je ne compte pas sur Cléopâtre : elle a beau être reine, elle n'ira pas contre la décision de vos familles. Non, je vais utiliser un autre moyen pour obtenir l'accord de vos pères. Un moyen infaillible !

CHAPITRE 3

LE FAUCON DES MERS

Le navire qui emporte Jules César, la reine d'Égypte et son personnel, ainsi que les trois enfants, sort majestueusement du port. Trois bateaux d'escorte s'engagent ensuite dans son sillage. Debout à l'extrémité de la jetée, les parents d'Antinoüs et d'Iméni agitent les bras en signe d'adieu.

— Les voilà partis ! soupire la mère du jeune Égyptien. Pourvu qu'il ne leur arrive rien !

— Ils sont en de bonnes mains, la rassure son époux. César et Cléopâtre assurent leur sécurité.

— Tout de même… je trouve que tu t'es laissé facilement convaincre par cette jeune femme soi-disant envoyée par la reine.

— C'était un ordre de Cléopâtre ! se défend le bonhomme.

— Hum… elle avait surtout de jolis yeux de chatte et une voix de velours.

— Ce doit être la même qui s'est présentée chez nous, intervient la mère d'Antinoüs. Mon mari est tout de suite tombé sous son charme : il ne savait plus dire non.

— Elle m'a proposé un commis pour m'aider à la boutique, rappelle le marchand d'olives.

— Et à moi un apprenti en attendant le retour d'Iméni, complète le tailleur de pierres. Je n'allais quand même pas refuser une offre pareille !

* * *

Les trois enfants sont installés à la proue du *Faucon des mers*, et ils se laissent asperger par de fines gouttelettes soulevées par l'étrave, l'avant du navire.

— Nous voilà en route pour l'aventure, se réjouit Cléo. Je savais bien que mon amie Tamara la conteuse réussirait à convaincre vos parents. Personne ne lui résiste.

— Ce qui me gêne, dit Antinoüs, c'est qu'ils ne verront jamais arriver leurs apprentis.

— Ouais, qu'est-ce qu'on va entendre en rentrant !

— Oubliez Alexandrie ! leur conseille la fillette. Respirez à fond ce nouvel air de liberté !

Tous trois gonflent leur poitrine, aspirent à pleins poumons.

— Ça sent surtout la sardine, fait remarquer Iméni.

Au bout de deux semaines de navigation sur une mer lisse comme un miroir, *Le Faucon des mers* et son escorte arrivent en vue d'un groupe d'îles au large de Naples, en Italie.

Cléo bâille d'ennui. Depuis leur départ d'Alexandrie, elle n'en peut plus de rester inactive, mais que faire ? Elle ne va quand même pas grimper au mât ! Iméni est affalé à côté d'elle, aussi inerte qu'une outre vide, et Antinoüs caresse Fenk qui s'est blotti sur ses genoux. César et Cléopâtre sont dans leur cabine, les rameurs font la sieste, étendus sur le pont. Même le pilote a l'air de somnoler, appuyé sur son gouvernail. Cléo pousse un profond soupir et va se poster à la proue. La côte défile à sa droite ; le contour rocheux des îles se précise, droit devant.

Tout à coup !...

— Qu'est-ce qui bouge là-bas, sur l'eau ?

Cléo met sa main en visière. De grands papillons blancs semblent posés sur la mer.

— Ce sont des navires. Toute une flottille !

La fillette fronce les sourcils. D'où sortent ces vaisseaux ? Ils ont surgi d'un coup entre les îles, comme s'ils s'y tenaient cachés. Ils ne se dirigent pas vers la côte mais droit sur *Le Faucon des mers*.

— Ce sont des pirates ! s'affole Cléo.

Elle se retourne, s'attendant à ce que le capitaine jette l'alarme. Rien. Une étrange inertie règne sur le navire.

— À vos rames ! crie Cléo. Nous sommes attaqués !

Iméni et Antinoüs la rejoignent aussitôt.

— Ils sont une dizaine, compte le jeune Grec.

— Ils vont nous embrocher comme des canards ! panique Iméni.

— Mais pourquoi notre escorte ne vient-elle pas s'interposer entre les pirates et nous ? s'inquiète la gamine. Pourquoi les rameurs ne bondissent-ils pas sur leurs rames pour tenter de leur échapper ?

Le trio se met à hurler pour arracher l'équipage à sa léthargie. Le rideau de la cabine est brutalement tiré. Enveloppé dans un manteau rouge, César apparaît, flanqué du capitaine.

— Mais qu'est-ce que c'est que ce cirque ? s'emporte le capitaine.

Au premier coup d'œil, le général romain comprend la raison de l'agitation des enfants.

— Calmez-vous ! leur dit-il. Ce sont des vaisseaux romains. Quelques jours avant de quitter Alexandrie, j'ai fait prévenir Marc Antoine pour qu'il nous envoie des renforts depuis Rome. En effet, vous avez raison, de nombreux pirates se cachent en Sardaigne, et ils écument la mer entre leur île et l'Italie. Mais cette flottille est là pour nous protéger.

Les navires se rapprochent. L'eau bouillonne devant eux, déchirée par leurs redoutables éperons de bronze. La flottille s'ouvre en éventail, enveloppe les bateaux égyptiens, puis elle vire de bord pour les accompagner.

— Nous pouvons considérer que nous sommes arrivés, se réjouit Antinoüs. Avec une telle escorte, aucun pirate n'osera montrer le bout de son nez.

— Il paraît que Rome est formidable, avance Iméni. On raconte que des spectacles ont lieu tous les jours dans le Cirque. Mais c'est quoi au juste, un cirque ?

— Je n'en sais rien… Ce qu'il y a de formidable, ajoute Cléo, c'est que, loin de l'Égypte, Cléopâtre ne sera plus la cible des complots. Nous allons enfin profiter pleinement de notre voyage ! Plus besoin de veiller en permanence à sa sécurité !

Le lendemain, alors qu'ils arrivent en vue du port d'Ostie, les navires resserrent leur formation pour s'engager sur le Tibre, le fleuve qui remonte jusqu'à Rome. Debout devant la cabine, César et Cléopâtre suivent la manœuvre. Les vaisseaux sont proches les uns des autres, et il faut toute l'expérience des capitaines pour éviter que les avirons se heurtent. Les ordres claquent, les rames se lèvent et s'abaissent. *Le Faucon des mers* se balance tout à coup, suite à un faux mouvement des rameurs du flanc gauche. César et Cléopâtre sont projetés de côté au moment où une flèche se plante dans la cabine, à l'endroit même où ils se tenaient !

Au cri de la reine, les soldats se jettent devant elle et le général romain, formant un rempart avec leurs boucliers.

— D'où est venu le tir ? hurle César.

Les regards se tournent vers un groupe de navires, sur leur droite, mais les bâtiments sont presque côte à côte, si bien qu'il est impossible de déterminer d'où est partie la flèche.

— Faites amarrer tous les navires dans le port d'Ostie ! ordonne César. Je veux interroger les capitaines et les officiers d'escorte avant de repartir vers Rome.

— Le tireur est sur l'un des bateaux qui nous ont rejoints, déclare Cléopâtre.

— Pas sûr, rumine César. Il a pu embarquer dès Alexandrie et avoir attendu l'occasion favorable de nous tuer.

— C'est incroyable, souffle Antinoüs, voilà que ça recommence ! Nous ne sommes décidément à l'abri nulle part.

— Les ennemis poussent sous nos pieds comme de la mauvaise herbe, souligne Iméni.

Cléo prend un air de conspirateur pour annoncer :

— Une fois de plus, ce sera à nous d'ouvrir l'œil

et de laisser traîner nos oreilles. Heureusement que nous sommes là !

CHAPITRE 4

LA VILLE AUX SEPT COLLINES

De colère, Jules César écrase son poing sur la table. Les capitaines des navires et les officiers de l'armée sont réunis devant lui. Pas un n'ose bouger.

— Aucun d'entre vous n'a remarqué quelque chose ! résume César. Ni l'équipage ni les soldats ! C'est tout de même incroyable ! Le tireur avait dû se cacher dans le vent ! Et nous ne savons pas qui était visé : la reine d'Égypte ou moi ? Regagnez vos bâtiments ! Donnez l'ordre aux marins et aux soldats de se surveiller les uns les autres ! Je vous rendrais personnellement responsables si l'assassin réussissait à se manifester à nouveau.

Il les renvoie d'un geste. Une voix s'élève alors derrière lui.

— L'un de ces officiers est un menteur.

Une main tire le rideau qui divise la cabine en deux. Cléopâtre entre dans la lumière.

— Je le crois aussi, répond César. Mais lequel ? Et pour qui agit-il ? Le complot part-il d'Égypte ou de Rome ?

— Il va falloir renforcer notre protection.

— Oui, mais il n'est pas question de nous faufiler dans Rome comme des ombres. Je veux une entrée triomphale. Je veux éblouir le peuple et le Sénat. Je veux que tous les Romains n'aient plus que nos deux noms à la bouche.

— Tu veux devenir dieu, en somme, conclut la reine avec un grand sourire.

*   *   *

Après avoir remonté le Tibre, les vaisseaux font halte près d'un pont, devant les remparts, face à la Grande Porte de Rome.

— Si tu plais au peuple, Rome est à toi ! glisse César à Cléopâtre.

— Vous entendez ça ? murmure Cléo à ses amis. Je vais tâcher de conquérir les Romains, moi aussi.

À peine descendus des navires, les soldats courent vers la Grande Porte, puis ils s'établissent sur deux rangs, face à la population, et plantent leurs boucliers devant eux.

— Ouah ! s'exclame Iméni. On dirait une double muraille de cuirasses qui plonge jusqu'au cœur de la ville.

— César prend toutes ses précautions, note Antinoüs. Et il a raison ! Qui sait si le tireur ne s'est pas déjà mêlé à la foule, prêt à lancer sa flèche à nouveau ?

Campé sur un char de parade attelé à deux chevaux blancs, Jules César s'engage lentement sur la voie qui mène à Rome. Derrière lui, Cléopâtre s'assoit sur un trône en bois précieux, entre les pattes d'un gigantesque sphinx en or massif installé sur des roues. Précédé de danseuses et de musiciennes, tiré par quarante hommes, le sphinx s'ébranle et franchit bientôt la Grande Porte de la ville.

Massée de part et d'autre de l'avenue, la foule

agite des palmes au passage de César et de la reine d'Égypte. Les gens lancent des vivats, acclamant Cléopâtre comme si elle était une déesse descendue parmi eux. Rayonnante, la jeune femme leur adresse des sourires et des signes amicaux. Debout à l'arrière du sphinx, Cléo multiplie les saluts pour attirer l'attention sur elle.

— Tu te fatigues pour rien, l'avertit Iméni. Ces Romains n'ont d'yeux que pour le lion en or et Cléopâtre.

— C'est parce que vous me cachez, Antinoüs et toi ! Postez-vous donc sur les flancs pour observer la foule !

Pendant un moment, ivre de cris et de musique, la fillette laisse errer son regard sur la ville. De splendides villas et des temples en marbre blanc coiffent les sept collines. Dans les vallées, au contraire, les bâtiments s'entassent à s'étouffer, et c'est à peine si les ruelles sont visibles tant elles sont étroites et sinueuses. Seules les avenues menant au Forum sont larges et rectilignes. Antinoüs se rapproche tout à coup de Cléo.

— J'ai repéré quelqu'un de bizarre, annonce-t-il. Il nous suit depuis notre entrée à Rome en se faufilant dans la foule. Tiens, il est là, près de cette femme en rouge qui lève les bras !

— Je le vois, confirme Cléo. Il a une drôle de tête, en effet. On dirait que son nez est un bec d'aigle. Appelle Iméni de ton côté ! À deux, vous le surveillerez mieux.

César force soudain l'allure de ses chevaux et galope en ligne droite jusqu'à une tribune, place du Forum, où trois cents sénateurs attendent la reine.

— Ave Baltus ! lance-t-il du haut de son char au sénateur le plus âgé.

Le vieil homme se contente de hocher la tête.

— Tu nous mènes au spectacle, grommelle-t-il comme les danseuses apparaissent au bout de l'avenue. On se croirait au Cirque.

— Faites bonne figure à la reine d'Égypte ! conseille César.

— Le peuple n'a jamais crié aussi fort, même pour acclamer ses généraux vainqueurs, dit Baltus. Ne nous demande pas de nous prosterner devant Cléopâtre ! Rome ne courbe l'échine devant personne.

— Je ne vous le demande pas, mais quittez votre air sévère ! J'ai l'impression de me retrouver devant une assemblée de corbeaux.

Quand le sphinx en or arrive sur le Forum, Antinoüs et Iméni aperçoivent toujours l'homme mystérieux qui se coule sur leur flanc.

— Tu crois que les soldats l'ont repéré, eux aussi ? interroge Iméni.

— Je ne sais pas, répond Antinoüs, ce n'est pas sûr. D'ici, nous avons une vue plongeante sur la foule, eux non. Et puis peut-être veut-il simplement admirer Cléopâtre...

Brusquement la musique s'arrête. Cléopâtre se dresse devant les trois cents membres du Sénat. Le vieux Baltus se lève, imité par tous les sénateurs. Il accueille la jeune femme d'un :

— Bienvenue à Rome ! Notre cité se réjouit du passage d'une reine d'Égypte.

« Du passage ? tique Cléopâtre. Ce vieux melon a-t-il déjà l'intention de me renvoyer à Alexandrie ? » Elle incline la tête en guise de remerciement, se lève et se tourne vers la foule.

— Je veux faire à Rome un cadeau grandiose ! clame-t-elle, coupant Baltus qui s'apprêtait à poursuivre son discours. J'offre au peuple romain ce sphinx en or massif ! Il assurera à lui seul le paiement de la nourriture et des fêtes pour une année entière !

Rome laisse éclater sa joie. Toutes les voix scandent le nom de Cléopâtre, et les gardes ont bien du mal à contenir une foule en liesse qui

voudrait porter la reine en triomphe. Les sénateurs se sont rassis. Baltus s'approche de César, la mine contrariée.

— Cette femme est une ensorceleuse, grince-t-il. Elle a conquis le peuple en un instant, et elle semble oublier que le pouvoir à Rome, c'est le Sénat. Elle pourrait se révéler extrêmement dangereuse pour notre République si elle était animée de mauvaises intentions.

— Tu vois le mal partout, Baltus. Cléopâtre n'a pas l'intention de devenir la reine de Rome.

— Quoi qu'il en soit, il convient d'isoler cette femme du peuple. Il serait préférable qu'elle habite sur l'autre rive du fleuve, hors de la ville. Tu as bien une villa par là-bas ? Nous n'avons pas chassé de Rome les rois étrusques pour héberger une reine égyptienne, précise Baltus pour couper court à une objection de Jules César. Ne prolonge pas inutilement son séjour !

— Prends garde à tes paroles, sénateur ! gronde César. Je ne permettrai pas que l'on manque de respect à Cléopâtre !

— Nous nous querellons déjà à son sujet, ronchonne Baltus. Il ne faudrait pas qu'elle nous divise !

Debout entre les pattes de son lion d'or, Cléopâtre embrasse la foule d'un regard circulaire. Ses yeux glissent d'un visage à l'autre sans en retenir aucun. Pas même celui de l'homme au nez en forme de bec d'aigle qui l'épie depuis un moment.

CHAPITRE 5

L'HOMME AU NEZ EN BEC D'AIGLE

La colère de Cléopâtre éclate dans toute la maison. Reléguée de l'autre côté du Tibre, à l'écart de Rome, elle a la nette impression qu'on cherche à se débarrasser d'elle.

— Quel accueil ! s'écrie-t-elle en marchant de long en large. On me reçoit d'abord à coups de flèches, et puis on m'isole comme si j'étais contagieuse ! Moi, la Pharaonne d'Égypte !

— Le Sénat craint que le peuple t'aime trop, explique César, et que tu l'utilises ensuite contre lui.

— Qu'ai-je à faire de ces crânes d'œufs de sénateurs ? Je ne suis pas venue à Rome pour m'emparer du pouvoir. Je te laisse cette ambition.

Appuyé contre une colonne dans l'atrium — une cour intérieure avec un bassin central —, César attend que la jeune reine se calme. Les trois enfants sont là, eux aussi. Ils jouent aux osselets mais ne perdent pas un mot de la discussion. Cléopâtre se campe devant le Romain et lui agite son index sous le nez.

— Je ne serais pas surprise d'apprendre que c'est Baltus qui a ordonné au tireur de me viser.

— Tu exagères.

— Ah oui ? J'ai inventé cette flèche ? Ou alors elle a été décochée par les dieux ?

— Marc Antoine mène l'enquête. Il trouvera l'assassin, je le ferai jeter aux lions.

César passe son bras autour des épaules de Cléopâtre.

— Viens te reposer dans le jardin, lui conseille-t-il. Pour te réconcilier avec Rome, je vais faire donner un grand spectacle au Cirque, demain, et tu en seras l'invitée d'honneur.

— Je me demande si Cléopâtre n'a pas raison, rumine Antinoüs. L'accueil du Sénat était plutôt froid. Nous ne sommes pas vraiment les bienvenus à Rome.

— La reine risque de rentrer à Alexandrie plus tôt que prévu, estime Cléo.

— Pourvu qu'on ait le temps d'assister aux jeux du Cirque ! soupire Iméni. Mais c'est quoi un cirque, exactement ?

Personne n'a écouté sa question.

À ce moment quelqu'un frappe à la porte. Un serviteur s'empresse d'aller ouvrir, puis il traverse l'atrium, un homme sur les talons. La main de Cléo agrippe soudain le bras d'Antinoüs.

— Le... le... l'homme au bec d'aigle ! balbutie-t-elle en étouffant sa voix.

La surprise des enfants est totale.

— C'est bien lui, chuchote Antinoüs. Qu'est-ce qu'il vient faire ici ?

— Poignarder Cléopâtre ! s'affole Iméni. Je suis sûr qu'il cache une arme sous sa tunique.

— Allons dans le jardin et approchons-nous de lui comme si de rien n'était, dit Cléo. Au moindre geste suspect de sa part, on lui saute dessus. Ça laissera à César le temps de réagir.

— Attendez, les retient Antinoüs. L'homme ne

va pas assassiner la reine ou César sous les yeux des serviteurs.

— Qu'en sais-tu ? Les tueurs sont des êtres très audacieux.

— Il vient peut-être simplement repérer les lieux, suppose Cléo. Avec la ferme intention de reparaître cette nuit, son arc et ses flèches à la main. Suivons-les !

Les deux hommes sont arrivés dans le jardin. C'est un lieu agréable planté en fleurs et en arbustes. Un bassin rempli d'eau a été aménagé entre deux fontaines, et il est couvert par de larges feuilles de nénuphars. Le serviteur indique un banc près de la margelle.

— Asseyez-vous, dit-il à l'inconnu. Je vais prévenir Cléopâtre.

Pendant qu'il se dirige vers une treille chargée de vigne sous laquelle la reine prend le frais, les enfants font semblant de s'amuser avec leur fennec qu'ils poussent petit à petit vers l'homme au nez en bec d'aigle. Celui-ci tourne la tête vers eux, leur jette un regard acéré, puis il pointe à nouveau ses yeux vers la treille, guettant le retour du serviteur.

Pourtant ce n'est pas le serviteur qui revient, mais Cléopâtre elle-même qui a décidé de regagner ses appartements. Un sourire entaille le visage de l'homme. Il se lève...

— La reine est seule, souffle Cléo dont le cœur s'est mis à battre plus fort et plus vite. César est resté en arrière pour parler à son serviteur.

L'homme s'incline devant Cléopâtre.

— Vous avez demandé à me voir, commence-t-elle.

En guise de réponse, il plonge la main dans sa tunique.

— Aaayyyeee ! hurlent les trois enfants en fonçant sur lui.

Le choc est violent. Emportés par l'élan, tous quatre basculent par-dessus la margelle et tombent dans le bassin. Passé l'instant de surprise, Cléopâtre éclate de rire tandis que Fenk glapit à pleine gorge, hésitant à sauter dans l'eau pour rejoindre ses compagnons.

— Mais qu'est-ce que c'est que ce cirque ? s'écrie César que les cris ont alerté.

Il accourt et, avec l'aide de quelques jardiniers, il s'empresse de ressortir de l'eau le bonhomme qui brame qu'il ne sait pas nager.

— C'est un assassin ! affirme Cléo. Il allait sortir un poignard !

— C'est Cicéron ! annonce César. Le plus célèbre avocat de Rome !

— Avocat ou pas, il voulait tuer Cléopâtre ! déclare Iméni. Il porte une arme sous son vêtement.

— Pas du tout ! se défend Cicéron en reprenant sa respiration. C'est un papyrus !

Et d'extraire un rouleau dégoulinant qu'il montre à la reine.

— Il s'agit d'un texte relatant d'anciennes lois dont j'aurais aimé discuter avec vous. Mais à présent...

Dans un mouvement de colère, il flanque le papyrus à l'eau.

— Tout Rome apprendra comment vous m'avez reçu ! assure-t-il.

Confus, la tête basse, Cléo, Antinoüs et Iméni présentent leurs excuses à l'avocat.

— Vous nous aviez paru suspect, ce matin, à vous faufiler à travers la foule pour nous suivre, rapporte Antinoüs. Alors, quand vous avez plongé la main dans votre tunique…

— Ces enfants ont agi dans le but de me défendre, intervient Cléopâtre. Il faut leur pardonner. Mais pour quelle raison nous suiviez-vous ?

La réponse de Cicéron se résume à un haussement d'épaules, puis il exige un vêtement sec pour retourner chez lui, sur la colline du Capitole.

— Revenez quand vous le souhaiterez, dit la reine. Je serai toujours heureuse de discourir avec vous.

— Nous nous sommes fait un ennemi de plus, déclare César en le regardant s'éloigner derrière un serviteur. Et pas des moindres ! Nous n'avions pas besoin de cela.

Il lance un regard noir aux enfants, puis, sans ajouter un mot, il regagne la maison.

— Nous ne pouvions pas savoir, se désole la fillette sur un ton implorant.

— Plus que sa chute, je crois que c'est mon rire qui a froissé Cicéron, confesse Cléopâtre. Ces Romains sont tellement susceptibles...

— Il n'a pas répondu à votre question, relève Iméni. Nous ne savons toujours pas pourquoi il nous suivait.

La reine balaie la remarque d'un geste désinvolte.

— Bah, il était curieux de voir à quoi je ressemblais. Je réussirai à regagner ses faveurs.

D'un pas léger, presque dansant, elle remonte vers la villa.

— N'empêche que Cicéron complote peut-être dans notre dos, murmure Antinoüs qui reste méfiant.

— Suivons-le quand il quittera cette demeure, une fois qu'il aura changé de tunique, propose Cléo. Nous verrons bien s'il contacte quelqu'un. Nous tâcherons alors de surprendre leurs paroles.

— Nous allons nous retrouver seuls dans Rome ! s'effraie Iméni.

Aucun de ses deux amis ne trouve de quoi le tranquilliser. Ils sont bien conscients des risques qu'ils encourent, mais ils sont prêts à tout pour protéger Cléopâtre.

CHAPITRE 6

PERDUS DANS SUBURE

L'après-midi touche à sa fin quand Cléo, Iméni, Antinoüs et Fenk remontent l'avenue conduisant au Forum. Cicéron marche à une certaine distance devant eux, écartant les mendiants et les petits vendeurs qui se jettent dans ses jambes. La place du Forum étant ceinturée de boutiques, la foule devient plus dense, et l'air résonne d'appels et de cris.

— Rapprochons-nous de Cicéron, il ne faudrait pas le perdre dans cette cohue.

Les enfants jouent des coudes, se faufilent entre les passants, évitant de justesse de renverser des braseros sur lesquels des marchands de viande font rôtir des morceaux de bœuf. « Ils sont toujours derrière moi, constate Cicéron. Ces trois gosses sont particulièrement tenaces. » Un sourire de renard plisse ses lèvres. « Je vais les épuiser à travers la ville. Ils se souviendront longtemps de cette promenade ; j'espère que cela leur ôtera l'envie de fouiner dans la vie des gens. » Il emprunte la Voie sacrée qui longe des temples, des marchés couverts et des lieux politiques, puis il bifurque vers le quartier de Subure, là où vit la population la plus misérable de Rome.

— Où va-t-il ? s'inquiète Iméni en voyant les rues se resserrer autour d'eux.

Bordées d'immeubles à deux étages sans fenêtres, les ruelles ressemblent de plus en plus à des tunnels sombres et tortueux. La lumière du soir n'éclaire plus que les toits, et une ombre bleue envahit les artères de la ville.

— Ce quartier n'est pas rassurant, reprend Iméni, un frisson dans la voix. Les rues sont si étroites que j'ai l'impression d'étouffer.

— Si notre homme s'aventure ici plutôt que de rentrer chez lui, c'est qu'il trame décidément quelque chose, présume Antinoüs.

— Donnons-nous la main, propose Cléo en voyant des silhouettes peu engageantes se regrouper devant les portes.

Adossées contre les maisons, des ombres regardent passer les enfants. Certaines grognent, d'autres tendent le bras pour les frôler, s'amusant à les effrayer.

— J'ai envie de rentrer, gémit Iméni dans un filet de voix.

Un coup d'œil par-dessus l'épaule leur signale que la rue s'est refermée derrière eux : des masses bougent, bandes d'hommes et de femmes que la tombée de la nuit pousse hors de chez eux, à la recherche de quelque mauvais coup à commettre. Pas question de faire demi-tour ! Le trio presse le pas, suit un dédale de rues jusqu'au moment où Cicéron pénètre dans une taverne à l'enseigne de *La Lanterne rouge*.

— Qu'est-ce qu'on fait ? s'interroge Antinoüs. Ce n'est pas un endroit pour des enfants.

— Il faut savoir qui Cicéron rencontre, rappelle Cléo. On jette un coup d'œil, le temps de découvrir avec qui il parle, et on ressort aussitôt. Ensuite, on attend que son complice quitte le local, et on le prend en filature à son tour pour apprendre où il habite et qui il est.

C'est Antinoüs qui pousse la porte de la taverne. Aussitôt une odeur âcre de friture assaille les narines, et un brouhaha de voix emplit les oreilles.

Des hommes sont attablés, dos voûté, le nez dans les coupes ; quelques regards lourds se posent sur les enfants, mais ils se désintéressent rapidement d'eux. Quatre musiciennes jouent de la flûte et du tambourin, en pure perte, car personne ne prête attention à la musique.

— Je ne vois pas Cicéron, dit Iméni.

— Il est peut-être dans une autre salle…

Une grosse pogne s'abat soudain sur l'épaule de Cléo.

— Alors la mouche, tu nous danses quelque chose ?

— Lâchez-moi ! s'écrie la fillette en cherchant à se libérer.

Antinoüs et Iméni repoussent le bonhomme. Fenk lui bondit à la cheville. L'autre se met à brailler de colère.

— Ça suffit ! hurle une voix de matrone.

Plantée devant ses fours, poings sur les hanches, une énorme femme observe la scène.

— Laisse cette gamine en paix ! tonne-t-elle. Et vous les mômes, déguerpissez ! Vous n'avez rien à faire ici ! Et emportez cette bestiole ! Ce n'est pas un cirque, chez moi !

L'homme retombe sur sa chaise, puis il vide d'un trait sa coupe de vin. Une serveuse arrive, qui dépose devant lui un plat de poissons frits.

— Quelqu'un est entré juste avant nous, glisse Cléo à la jeune fille. Savez-vous où il est assis ?

— Il n'a fait que traverser la salle, lui répond-elle en relevant une mèche de ses cheveux. Il est sorti par derrière.

Du menton, elle indique un couloir qui donne sur une porte basse. Les garçons sur les talons, Cléo se précipite dans le passage, mais Cicéron a disparu depuis longtemps.

— Il nous a eus ! grogne-t-elle.

— Il a dû nous repérer, explique Antinoüs.

— Et maintenant ? demande Iméni.

La ruelle paraît déserte, hormis un chien qui furète dans des ordures. Des torches brûlent au-dessus des portes, faisant danser des ombres fantastiques sur les façades.

— Contournons le pâté de maisons, conseille

Antinoüs, et nous nous retrouverons devant la taverne. Après quoi nous n'aurons qu'à redescendre la rue en sens inverse. Nous arriverons bien à reconnaître certains bâtiments.

Ils longent la ruelle, tournent deux fois à gauche, coupent par un étroit passage qu'ils pensent être un raccourci… et se retrouvent dans la cour intérieure d'une boulangerie. Ils rebroussent chemin, débouchent sur une placette occupée par un abreuvoir pour les chevaux. Un groupe de garnements les aperçoit, les accueille à coups de pierres. Le trio s'enfuit, poursuivi par des rires canailles, et se perd dans un enchevêtrement de ruelles.

— Les rues se ressemblent toutes, halète Antinoüs. Impossible de savoir où nous sommes !

— Rome tisse sa toile autour de nous, se lamente Iméni. Nous ne sortirons jamais de ce labyrinthe.

— Il vaut mieux éviter de demander notre chemin aux gens qui errent dans la ville, recommande Cléo à ses amis. Tous ne sont pas des voleurs, mais je préfère être prudente.

Plusieurs fois, des ombres mouvantes aperçues dans les rues incitent les enfants à changer de direction, les enfonçant un peu plus dans le quartier de Subure. Harassés, la gorge desséchée par la soif et la peur, Cléo, Antinoüs et Iméni finissent par dénicher un appentis accolé à la maison d'un vannier.

— Cachons-nous ici, souffle Antinoüs. Nous repartirons quand il fera jour.

Ils se coulent entre des piles branlantes de vieux paniers, s'étendent l'un près de l'autre, à bout de force. C'est alors qu'une ombre hideuse fond sur eux.

CHAPITRE 7

LA NUIT DE LA LOUVE

Les trois enfants poussent un tel hurlement de terreur que la silhouette bondit en arrière.

— Ne criez plus ! siffle une voix de vieille femme. Vous allez attirer du monde. Je ne veux pas qu'on me chasse. Je me sens à l'abri, la nuit, derrière ces paniers. La louve ne viendra jamais me chercher ici.

— La louve ? s'étonne Iméni. Quelle louve ?

— La louve du Capitole, grince la vieille femme. Celle qui a allaité Romulus et Remus.

— Mais cela fait des siècles ! objecte Antinoüs. Elle est morte depuis longtemps.

— Non, non, elle rôde chaque nuit dans la ville : elle vient renifler sous les portes…

— Ce sont des chiens !

— Elle se faufile dans les cours, renverse des objets…

— Ce sont des chats !

— Elle lance parfois un cri épouvantable à réveiller les morts.

— C'est un braiment d'âne !

— Sots que vous êtes ! s'énerve la femme en les secouant par leurs vêtements. C'est la louve, c'est la louve, je vous dis ! Durant le jour, elle a l'aspect d'une statue devant le temple de Jupiter, et elle observe à loisir les agissements des hommes. Mais la nuit elle s'anime, elle descend de son socle de marbre et parcourt Rome en tous sens. Malheur à celui qui croise alors son chemin ! Elle le croque d'un seul coup de dents. Comme ça ! ajoute-t-elle avec un claquement de la langue… Écoutez ! Vous entendez le bruit de ses pas ?

— C'est la pluie qui commence à tomber, précise Antinoüs. Elle fait tinter les tuiles.

— C'est la louve, c'est la louve ! Elle approche. Allez-vous-en ! Il n'y a pas de place pour vous ici ! Partez ou je vous fais tâter de mon bâton !

— Expliquez-nous comment rejoindre le Forum, dit Cléo, et nous vous laisserons la place.

En quelques mots, la pauvresse leur indique par où passer, puis elle les regarde s'éloigner en se frottant les mains.

— Bien, bien, marmonne-t-elle, si la louve les dévore tous les trois, elle sera rassasiée et ne reviendra pas de sitôt errer dans les parages.

Les rues s'écartent enfin, ouvrant sur une large artère bordée par des flambeaux qui tracent deux cordons de feu jusqu'à la place du Forum.

— La vieille folle connaît bien la ville, se réjouit Iméni, soulagé de retrouver les temples et les nombreuses boutiques.

Son regard s'attarde sur la masse sombre du Capitole. Des brasiers sacrés brûlent devant le temple de Jupiter, découpant sa silhouette dans la nuit humide. Et devant le temple, la statue de la louve ! Iméni ne la voit pas, mais il l'imagine, crocs découverts, figée pour l'éternité dans son enveloppe de pierre.

— Quand je pense que la vieille folle est persuadée que la bête prend vie...

Il essaie de rire. Ressent brusquement un souffle sur sa peau, chaud comme une haleine. En même temps, une longue plainte semble descendre de la colline, une lamentation qui s'achève en jappement. Un frisson glacé lui parcourt l'échine.

— C'est la louve ! aboie-t-il. Elle se réveille !

— C'est le vent ! assure Antinoüs. Il siffle entre

les colonnes. Et là, c'est un chien qui...

Des hurlements éclatent tout à coup autour de Rome, provenant des collines avoisinantes. Les cris montent vers le ciel, relancés plusieurs fois, et se prolongent en sinistre présage.

— Ce sont bien des loups, confirme Cléo, la voix tremblante. Nous ne pourrons pas rejoindre la maison de César sans risquer de nous faire attaquer. Il faut rester dans Rome cette nuit.

— Dans Rome ? s'étrangle Iméni. Mais où ?

— Allons demander refuge dans le poste de garde, à la Porte Flumentana.

L'idée de Cléo paraît bonne. Hélas, lorsqu'ils arrivent aux remparts et appellent à tue-tête, les soldats font la sourde oreille : ils n'ont aucune envie de se déranger pour des gamins. La pluie se met à tomber avec force, comme si les nuages avaient crevé d'un coup. Les enfants courent dans les rues désertées à la recherche d'un abri.

— Là-bas ! s'écrie Antinoüs. Il y a des arcades !

Ils s'y précipitent, mais les niches sont occupées par des boutiques.

— Quelle étrange construction ! observe Iméni. Ce n'est pas un temple ni un marché couvert. Cela ressemble à une immense caserne, mais ce n'en est pas une.

— C'est le Cirque ! annonce son ami. Mon père me l'avait déjà décrit.

— Ton père est venu à Rome ?

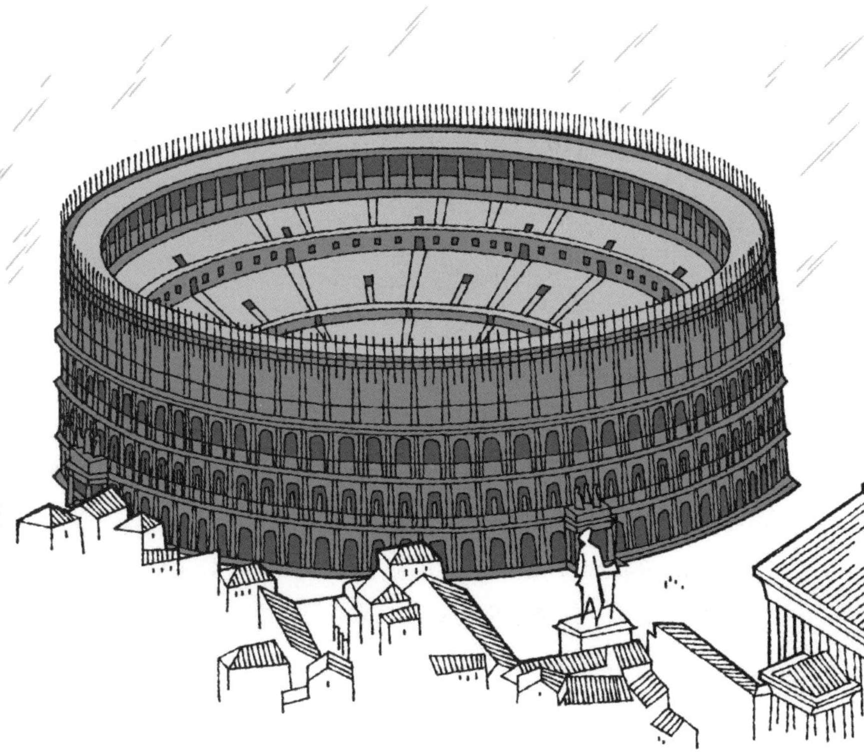

— Non, mais en tant que marchand il est en contact avec des Romains. C'est dans le Cirque qu'ont lieu les courses de chars, les luttes, les combats entre des animaux sauvages. Il arrive même que des spectateurs mécontents du spectacle descendent dans l'arène, et cela tourne alors en véritable pagaille.

— Ma robe est toute trempée, et je dois avoir l'air d'une harpie avec mes cheveux mouillés ! s'impatiente Cléo.

— C'est vrai qu'ils frisent sous la pluie, remarque Iméni. Je dirais plutôt que ça te fait une tête de...

Un coup de coude du jeune Grec l'arrête dans sa comparaison. Il cueille le regard furieux de la gamine, puis, sans rajouter un mot, emboîte le pas à ses compagnons. Ils découvrent bientôt une poterne en retrait dans le mur. Cléo s'y appuie et, surprise !, la porte s'ouvre dans son dos, offrant l'accès à un tunnel qui s'enfonce au cœur du Cirque.

— Allons voir où cela mène, décide Antinoüs.

— On ne va pas entrer là-dedans ! se récrie Iméni. Il y fait noir comme dans l'antre de Seth.

— Attends-nous sous la pluie ! lui rétorque Cléo. Tu ne risques plus grand-chose, toi : tu as déjà tout du chien lessivé.

CHAPITRE 8

DANS LE VENTRE DU GRAND CIRQUE

Une petite lumière vacille au bout du tunnel, guidant les enfants dans sa direction. Fenk se met tout à coup à gronder.

— Il a senti quelque chose, chuchote Antinoüs, se baissant pour prendre le fennec dans ses bras.

— Si on faisait demi-tour ? laisse échapper Iméni.

Une bourrade dans le dos le force à avancer.

— Tu crois qu'il y a quelqu'un ? murmure Cléo à l'adresse d'Antinoüs.

Un soupir de voix leur parvient. Ils progressent avec prudence, surprenant plusieurs fois le nom de César.

— Il se passe des choses étranges ici, souffle la fillette.

Le trio marche sur la pointe des pieds, l'un derrière l'autre, jusqu'à atteindre une salle où sont entreposés des chars de course. À la lueur de torches, deux hommes s'affairent autour d'un char retourné, faisant grincer une lime sur l'essieu. Le troisième — un officier — surveille le travail.

— Ne l'entaillez pas trop, recommande-t-il. Il ne doit pas se briser dès les premiers tours de roues. Je suis obligé de saboter aussi les chars des autres coureurs de ton équipe, poursuit-il en se tournant vers un quatrième homme qui se tient près d'une nacelle. Toi seul dois te présenter demain en triomphateur devant César. C'est au moment où il se lèvera pour t'offrir la couronne de laurier que tu lui perceras le cœur avec ta flèche. L'arc et les traits sont déjà dissimulés dans la double paroi de ton char, comme tu peux le constater.

— Que ferai-je s'il décide de confier cet honneur à Cléopâtre ?

— Je serai près de lui. Je lui rappellerai que les dieux ont toujours exigé une main d'homme pour récompenser un vainqueur. César mort, l'Égytienne s'empressera de rentrer à Alexandrie. Il me restera ensuite à éliminer Marc Antoine… et Rome sera à moi !

— C'est compter sans le Sénat, général Cassius.

— J'ai des amis parmi les sénateurs. Ils m'aideront à brider les récalcitrants.

Cachés dans la pénombre, les enfants n'ont rien perdu de la scène. Cléo tapote sur le bras de ses amis pour leur faire comprendre qu'il faut ressortir. C'est l'instant que choisit Fenk pour émettre à nouveau un grondement de fond de gorge.

— Vous avez entendu ? lance l'un des hommes.

Ils empoignent leurs torches, déplacent les ombres autour d'eux.

— Ça venait du tunnel !

Cassius dégaine son glaive.

— Ils arrivent ! panique Iméni. Ils nous tueront s'ils nous attrapent.

— Ils vont nous entendre courir. Le tunnel est trop long pour qu'on ait une chance d'atteindre la sortie avant eux, dans le noir.

Les enfants refluent à tâtons. Les mains rencontrent soudain le vide. Un passage s'ouvre dans le mur. Ils y plongent comme la lumière éclate derrière eux. Au bout de quelques pas ils se heurtent à une porte. Heureusement, celle-ci n'est pas fermée !

— Il n'y a personne dans le tunnel, constate une voix.

— Cherchez partout ! insiste le général. Si quelqu'un est entré ici, il ne doit pas nous échapper.

Quand Cléo et les garçons pénètrent dans ce qui semble être une nouvelle pièce, ils sont tout de suite saisis par une forte odeur animale. Les pas de leurs poursuivants résonnent dans le passage, les murs rougeoient de la lueur des torches. Vite, les enfants se jettent derrière une masse sombre ; Antinoüs serre le museau de Fenk entre ses doigts pour lui interdire de glapir… La précaution s'avère inutile. Un grognement épouvantable secoue la pièce quand les quatre hommes y font irruption.

Un ours gigantesque vient de se réveiller dans sa cage. Il avise les intrus, donne un coup de griffes sur les barreaux pour les maintenir à distance.

— C'est le ronflement de cette bête qu'on a dû entendre, suppose Cassius en rangeant son arme dans son fourreau. Sortons d'ici ! Nous n'avons pas fini de saboter les timons et les roues.

La lumière décroît, la porte se referme, mais cette fois une barre est placée dans ses montants, empêchant d'ouvrir de l'intérieur.

— Nous sommes bloqués ! gémit Cléo, consternée. On ne viendra pas nourrir cet ours avant demain. Jules César est perdu !

CHAPITRE 9

URANUS

Le lendemain, César et Cléopâtre franchissent la Porte Flumentana de Rome lorsqu'une troupe de cavaliers s'arrête devant eux.

— Alors ? s'enquiert la reine, anxieuse.

— Nous n'avons pas trouvé les enfants, se désole le cavalier de tête.

— Je suis sûre qu'ils ont suivi Cicéron, hier. Vous l'avez interrogé, celui-là ?

L'homme hoche affirmativement la tête.

— Il a avoué qu'il avait entraîné les gamins dans Subure pour leur donner une leçon. Nous avons questionné la tenancière de la taverne où Cicéron les avait semés, mais elle ne les a plus revus après leur sortie dans la rue.

— Ils se seront perdus dans le quartier, dit César.

Continuez les recherches !… Ces trois-là sont débrouillards, ajoute-t-il en se tournant vers Cléopâtre. Ils vont réapparaître, ne t'en fais pas ! Qui sait s'ils ne nous attendent pas déjà à l'entrée du Cirque ?

*   *   *

Retranchés derrière des ballots de paille, Cléo, Antinoüs et Iméni attendent désespérément que la porte s'ouvre. Le jour entre par une grille qui sépare la piste du Cirque de la cage de l'ours.

— Nous sommes sous les gradins, estime Antinoüs. C'est par cette ouverture que les fauves bondissent directement dans l'arène.

Regardant par-delà l'ours, les enfants voient le Cirque se remplir. Quand César et Cléopâtre prennent place dans une tribune face à la ligne d'arrivée, tous les gradins sont combles. Cléo se met à hurler pour attirer leur attention, mais les clameurs sont telles que ses cris demeurent inaudibles. Seul l'ours réagit en secouant violemment les barreaux de sa cage.

— Ne l'excite pas, implore Iméni. S'il défonce les grilles, nous sommes morts.

Un brutal roulement de tonnerre ! Douze chars viennent de s'élancer des stalles de départ.

— C'est fini, soupire Cléo, nous ne pouvons plus rien pour César.

Les fouets claquent, les sabots martèlent le sol. Tirés par quatre chevaux, les chars tournent autour de l'axe central sous les acclamations des spectateurs. L'équipe des Verts est en tête, mais l'un des cochers prend son virage trop serré. Celui qui le suit cogne dans sa roue. Les deux chars vacillent, menacent de se renverser. Le deuxième maître d'attelage tire alors sur sa rêne droite pour faire dévier ses chevaux. L'accident est évité, mais ses concurrents passent devant lui.

Chaque fois qu'un char risque d'en heurter un autre ou que sa roue frôle l'axe de pierre, la main de Cléopâtre se crispe sur celle de César.

— Hooo ! s'écrie brusquement le Cirque.

Un timon vient de lâcher. Les chevaux poursuivent seuls la course tandis que le char et son cocher vont s'écraser contre le mur. Au cours des tours suivants, c'est une roue qui se détache, un essieu qui casse, le fond d'une nacelle qui cède…

Assis à côté de César, le général Cassius ne quitte pas son complice des yeux. « Il n'est pas le mieux placé, observe-t-il, mais il accomplira les sept tours, lui. Les autres chars se seront disloqués avant. »

Dans la pièce où est enfermé l'ours, les enfants comptent les tours. Ils ne savent pas lequel des cochers est l'assassin, mais ils procèdent par élimination.

— Il n'y a plus que cinq chars en course, commente Antinoüs, et ils entament le sixième tour.

Atterré à l'idée que César va mourir, Iméni s'écarte de la cage. Il n'a plus envie de suivre les jeux à travers la grille, et il va s'asseoir sur une poutre qui dépasse du mur.

— Hé ! s'écrie-t-il comme elle s'abaisse sous son poids.

Un raclement de chaînes ! La grille se soulève devant la cage, donnant libre accès vers l'arène. D'abord surpris, l'ours sort à pas pesants et se retrouve sur le sable de la piste. Il secoue sa fourrure, puis se met à courir l'amble vers les chevaux qui arrivent sur lui.

Passé l'instant de stupeur, la foule croit à une variante dans le spectacle et se met à hurler « Uranus ! Uranus ! », scandant le nom de l'ours qui vient de faucher le premier attelage.

— Qu'est-ce que c'est que ce cirque ? s'emporte César. Qui a ouvert cette grille ? Qui se permet de gâcher la course ? Réunis quelques hommes armés de piques, commande-t-il à Cassius, et allez repousser cette bête au fond de sa cage !

— Je vais la faire abattre, ce sera plus simple.

— Non ! J'ai l'intention d'opposer Uranus à un éléphant lors de prochains jeux.

Cassius se fige soudain. Trois enfants s'extraient à leur tour de la cage de l'ours, à l'instant où Uranus charge son acolyte. Ses yeux sautent des gamins à l'homme qui essaie de repousser l'animal à coups de fouet.

— Eh bien ? s'impatiente César. Qu'attends-tu ?

Cléopâtre se lève tout à coup.

— Là-bas ! s'exclame-t-elle. Cléo, Antinoüs et Iméni ! C'est donc dans le Cirque qu'ils ont passé la nuit ! Mais en compagnie d'un ours ?

« C'est fichu ! comprend Cassius. La course est suspendue, mon homme ne peut plus se présenter devant César pour le tuer, et ce sont ces trois-là qui étaient dans l'entrepôt des chars. Ils ont certainement tout entendu, sinon pourquoi se seraient-ils sauvés ? Je ne peux pas les faire taire devant tout Rome. Je dois m'enfuir avant qu'ils ne parlent. »

Sur la piste, Uranus vient de terrasser le complice du général d'un formidable coup de patte. Des soldats se sont élancés dans l'arène pour protéger les enfants. Quant à Cassius, au lieu d'obéir à l'ordre de César, il traverse les gradins, puis rejoint la piste à la hauteur des stalles de départ, espérant quitter le Cirque par l'entrée principale. Une cavalcade derrière lui ! Il se retourne.

Quatre chevaux affolés foncent vers lui, traînant un char vide à moitié arraché. L'attelage de son complice ! Cassius se met à courir. En vain. Il disparaît sous la ruée de sabots.

* * *

— ... Quand l'ours a bondi sur la piste, nous avons ouvert sa cage et nous sommes sortis par la même issue que lui.

C'est ainsi que Cléo termine le récit de leur équipée. Assis devant le trio, César hoche la tête tandis que Cléopâtre sourit.

— Nous avons retrouvé l'arc et les flèches dans la double paroi du char, annonce le Romain. Cassius faisait partie de l'escorte envoyée par Marc Antoine, sur la mer. C'est lui qui aura donné l'ordre à son archer de tirer sur nous. Certains de ses complices sont encore en liberté, mais sans chef ils n'oseront plus rien tenter.

— Rome n'est pas plus sûre qu'Alexandrie, conclut Cléopâtre. Les traîtres fleurissent partout. Mais heureusement, nous avons les meilleurs gardes du corps au monde.

— C'est vrai, reconnaît César. À vous trois, vous valez tous nos soldats réunis. Aussi méritez-vous une récompense !

Il ouvre un petit coffret, fait signe aux enfants d'approcher. À chacun d'eux, il remet une petite abeille d'or.

— Elles sont les filles de la Lumière. Qu'elles vous protègent à votre tour !

Un glapissement !

Comme les regards se posent sur lui, Fenk prend un air implorant.

— Toi aussi, tu veux quelque chose, comprend la reine.

Elle se penche, attrape le fennec et l'installe sur ses genoux.

— C'est le genre de présent dont rêve la moitié de l'humanité, souligne César en entendant Fenk ronronner de satisfaction sous les caresses de Cléopâtre.

L'AUTEUR

Bonjour, c'est moi Cléo, et je voudrais vous parler de mon papa... Alain Surget, il est fou d'Égypte ! Dès qu'il voit une pyramide, un temple ou l'image d'un Pharaon, il craque. Et il craque aussi pour les héroïnes ! Qu'elles soient simples voleuses ou princesses, elles sont pour lui comme des déesses. Ça me plaît bien de courir sur ses pages, de laisser mes empreintes sur ses mots et de l'entraîner derrière moi dans mes aventures... Parce qu'au fond il est comme moi, il adore voyager... mais lui, c'est dans sa tête !

L'ILLUSTRATEUR

Fabrice Parme est né près de Nancy. Après avoir suivi les cours de l'école Duperré et des Beaux-Arts d'Angoulême, il s'installe à Paris. Il travaille pour des magazines, la bande dessinée, la publicité et le dessin animé. En 1999, il signe la création graphique de la série télé *La Famille pirate*. Avec **LES ENFANTS DU NIL**, il s'attaque à un genre nouveau pour lui : l'illustration de romans pour la jeunesse.